DIE ALLERSCHEENST

Hildegard Bachmann wurde 1948 in Wiesbaden geboren, zog aber schon als Kind nach Mainz-Drais, wo sie immer noch lebt. Seit Anfang der 90er Jahre veröffentlicht sie Mundart-Bücher. Richtig bekannt wurde sie jedoch durch ihre regelmäßigen und regelmäßig umjubelten Auftritte bei „Mainz wie es singt und lacht". Im Leinpfad Verlag sind von ihr erschienen: **Dämmerstindche** (2002, vergriffen), **Quellkartoffele un Hering** (2. Auflage 2002), **E gonz ofach Geschicht. Weihnachtliches uff Rhoihessisch** (2002, vergriffen), **Als ich e Kind noch war** (2003), **Wonn's en Has war, war's en Has** (2004, 2. Auflage 2006), **Ebbes Feinesje un onnern Geschichte** (2007), **Heilichobend dehaam** (2008), **Die Sehnsuchts-Küche. Unsere Lieblingsrezepte**, zusammen mit Ulrike Neradt (2009)

Hildegard Bachmann

DIE ALLERSCHEENST

LEINPFAD
VERLAG

Umschlag: kosa-design, Ingelheim
Layout: Leinpfad Verlag, Ingelheim
Lektorat: Angelika Schulz-Parthu
Druck: TZ Verlag & Print GmbH, Roßdorf

Leinpfad Verlag, Leinpfad 5, 55218 Ingelheim,
Tel. 06132/8369, Fax: 896951
E-Mail: info@leinpfadverlag.de
www.leinpfadverlag.com

ISBN 978-3-942291-38-5

INHALT

DIE ALLERSCHEENST *

Mir hatte gerade sechs nach acht,
do hot mich dess Telefon wach gemacht.
Und eine Stimme, engelsgleich,
erklärte mir darauf sogleich:
„Du sollst die Allerschönste werde
auf dieser wunderbaren Erde!"

Ein Blick in de Spiegel: Würd dess auch gehn,
wonn die mich kennte grad so sehn?
Moi Haar, moi graue – wie soll ich saache:
Ich sah aus, als hätt ich mit de Fieß in de Steckdos
geschlaafe.
Die Lider der Auche, sie hinge schlaff runter,
un aach moi Gesichtszüch, die warn noch net munter.

* Der närrische Stammtisch „Die Allerscheenste", gegründet 1986,
wählt jedes Jahr eine/n „Aller-Allerscheenste": 2010 war es Hilde-
gard Bachmann. Mit diesem Vortrag bedankte sie sich.

Un gonz ohne Zäh, dess is mol gewiss,
der Mensch ganz bestimmt koo Scheenheit is.
Ich dachte bei mir, mach dich zurecht
un donn fand ich mich net so schlecht.
Un plötzlich, do war es mir ofach ganz klar:
Ich warte dodruff seit viele Jahr!
Und endlich, endlich ist es soweit
un ich saache es laut: „Ei, 's werd aach grad Zeit!"

Weil, so was Scheenes, keine Fraache,
dess sieht merr ja nicht alle Daache.
Ich bin ein Wunder der Nadur,
ich brauche keine Hungerkur.
Ich stehe zu meinem Körperbau,
ich find, ich bin ne Superfrau.

Vom Kopf bis zu des Fußes Zehe –
bei mir dut merr nur Scheenheit sehe.
Ich bin nicht schmal, nein, ich bin dick,
das halt ich für kein Missgeschick.
Ich hört noch nie en Mann je schwärme,
er hätt ne schöne Dürre gerne.

Ein Blick aus meine blaue Aache –

schon hat's en Monn glei umgehaache.
Wenn ich mit meinen Wimpern klimper,
verzauber ich selbst einen Finther.

Mein Brustumfang ist eine Wonne
und wiege ich auch eine Tonne:
Die Männerwelt find mich exotisch,
so mancher hält mich für erotisch.
Und wer hier säät, dess wär net wahr,
der krieht gleich e Paar noigehaa!

Mein Doppelkinn, es steht mir gut,
ich traach dazu nen schönen Hut.
Und meine Wangen, voll und zart,
die zeugen von besonderer Art.

Und dann mein groß geratner Zinke,
der tat mir überhaupt nie stinke.
Die Noselöscher dun erzittern,
wonn se zum Esse ebbes widdern.

Brauch kein Make up und keine Maske,
brauche desweche nicht ausseraste.
Denn Falten, die sind noch nicht da,

weil ich am Körper üppig ja.

Mein Busen wogt oft auf und nieder,
mich zwickt dabei kein festes Mieder,
lass der Natur hier freien Lauf,
bevor ich ein Korsett mir kauf.

Und meine Waden, oh wie schön,
da bleiben alle Männer stehn,
weil sie rund, fest un sexy sin:
Die passe zu meim Doppelkinn!

Und lädt man mich zum Esse ein,
dann sage ich niemals nicht „Nein!"
Ich fürchte mich vor keinem Braten,
egal wie groß der ist geraten.

Und auch vor Klößen nicht, ihr Lieben!
Naja, so vier, fünf, sechs, so sieben,
die esse ich voller Leidenschaft,
das gibt Elan mir und viel Kraft.

Und dann beim Büffet, keine Frage
kann ich mein Tellerche kaum traache.

Sei's Kaviar, sei's Gänsebein:
Ich schieb voll Wonne alles rein,
und lehne mich zufrieden dann,
gar an des Stuhles Lehne an.

Weil beim Dinieren kann ich genieße,
do dut mich gar nichts mehr verdrieße.
Ich dank dem liebe Gott sodann,
dass ich so tüchtich esse kann.

In Eselsmilch tu ich oft bade,
dass macht geschmeidig Haut und Wade.
Mit Melkfett creme ich dann ein,
den Körper mir, das Wadenbein.

Mein Damenbart – er steht mir gut:
Er basst zu moiner Bombelschnut.
Moi Haar ist weiß, ihn Ehrn ergraut,
es ähnelt frischem Sauerkraut.

Mein Kirschmund lockt verheißungsvoll,
er macht' schon viele Männer toll.
Wen ich geküsst, vergisst dess nie,
dem zittern lange noch die Knie.

Moin Blutdruck, der ist niemals hoch,
egal wie viel ich aach mol wooch.
Moin Kolesterin wird nicht gemesse,
ich tu nur gute Sache esse.

Und dut mir monchmol ebbes weh,
donn tu ich dess gut ibbersteh.
Schmier mir e Brot mit Lebberworscht,
en Halbe trink ich fer de Dorscht
und siehe da: Gleich nooch dem Esse
habb ich mein Unwohlsein vergesse.
Ich bin sefriede, bin stets froh:
Wär ich zu derr, wär dess nicht so.

Ich mache niemals nicht Diät,
ich weiß gar nicht wie so was geht.
Koo Butter net, nur Körner esse,
ihr Leut, dess könnt ihr grad vergesse.
Denn was erfuttert ich mir schwer,
dess gebb ich doch niemals mehr her.
Dess war aach deier, kost viel Geld,
umsonst gibt's nix uff dere Welt.
Weil ich am Bauch jetzt hab zwaa Rolle,
do dut de Doktor mir jo grolle,

der dürr grad wie en Reche is,
dass ich jetzt abnemme mol misst.
Druff saat ich: „Nein, dess werd net gehe,
ich will doch net wie Sie aussehe."

„Die Gene sind's: Ich will net klaache",
so hört merr manchen Dicke saache.
Doch ich bin ehrlich, ich gebb's zu:
Mit Gene hot dess nix se tu.
Wer große Schnitzel konn verschlinge,
dut uff die Waach aach ebbes bringe.

Ich tu net jammern und net klaache,
lass operiern mir nicht de Maache,
ich stehe fest zu meine Pfunde,
bei Ulla Popken bin ich Kunde.
Mach schick mich dort und fühl mich gut,
mir fehlt zum Dicksoi net de Mut.
Ohne Ängst guck ich in unseren Spiechel,
druff gebb ich Ihne Brief un Siechel.

Doch gebb ich zu, ich bin aach eitel,
vom Fuß bis zu de Kopfes Scheitel.
Ich hege mich und pflege mich,

in's Ölbad, heiß, do leg ich mich.
Lass mich massieren jede Woche,
weil ich erschöpft vom viele Koche.

Geh in die Sauna voller Wonne,
lieg ohne alles in de Sonne.
Ich schwitze mir dort auch ganz munter,
so eins, zwei Kilocher herunter,
doch gehen mir esse hinterher,
bin ich so schwer grad wie vorher.

Doch hot merr mir dess jetzt verbote:
Verirre dete sich Pilote,
die über Meenz tief tun halt flieche,
und sehn mich ohne alles lieche.
Mein Ohblick hätt sie so verwirrt,
so mancher hätt sich schon verirrt
und is anstatt in Frankfurt gelandet,
auf dem Finther Airport gar gestrandet.

Vorm Alter fürchte ich mich nicht,
wie schee ist doch manch alt Gesicht,
wo merr dess Schicksals Spur kann sehe,
und in des Lebens Spiegel spähe.

Was Schönheit is, wer will's bestimme?
's gibt Schönheit auße jo un inne.
Die auße, die dut schnell vergehe,
die innerlich, die bleibt bestehe.

Drum mach ich aach net viel Geschiss,
ich nemm es grad so wie es is,
bei uns in der Familiensippe,
do hott merr halt was uff de Rippe!
Dess war schon immer, bleibt aach so,
gut Esse macht uns halt so froh.

Moi Scheenheit, die werd jetzt bekannt,
bei uns in Meenz un uff em Land,
drum war es allerhöchste Zeit,
dass ich bin die Allerscheenst ab heit.
Un darum ist dess aach sehr wichdich,
dass ich dess kriet habb aach noch schriftlich.

E tolle Urkund, groß un schee,
konn merr bei uns jetzt hänge seh.
Damit die mir nicht werd gestohle,
hat Boddigards man mir empfohle.
Die stehe jetzt bei Daach un Nacht

un halte bei der Urkund Wacht.
Ein scharfer Hund bellt bei Gefahr,
un beißt, wonn's nötich, mich sogar.

Wenn merr die Allerscheenste is,
hot Privilegie merr gewiss.
So konn in Meenz ich mich Erster Klasse
die Rolltrepp ruf und runner fahrn lasse.
Un will ich dann in Gonsenheim
spazieren gehen, in den Wald hinein,
brauch ich kein Eintritt dafür zahle.
Doch heer ich uff hier so zu prahle,
damit kein Neid ich jetzt erwecke –
gefährlich ist's, den Leu zu necke.

Ich fühle mich so sehr geehrt,
dass man mir hat die Gunst gewährt,
un zur Allerscheenste – ei, ich konn's net fasse! –
auch als Walküre hot zugelasse.

Und drum versprech ich feierlich,
dass ich stets acht uff moi Gewicht,
damit merr säät noch in 100 Jahre:
In Größe 50 war se die Scheenste – gar keine Fraache!

DE OTHELLO

Die Rammelsbacher Landfraue hatte in dem Johr in ihrem Weihnachtsprogramm en Besuch im Palz-Theater in Lautere vorgesehe. „Othello" gab's un deshalb war es Interesse on dem Theaterbesuch sehr groß. Merr hot die Kaate bestellt un sich uff de „Othello" gefreit.

Endlich war es soweit. All hatte sich rausgebutzt. Jede hatt ihr best Klaadche oh, e paar Troppe Parfiem hinnerm Ohr un war bereit fer den große Ufftritt im Palz-Theater. Wie groß der werklich wern sollt, dess hot zu der Zeit noch kooner geahnt ...

Un donn stande alle on de Bushaltestell un habbe uff de Bus gewaat. Wer net kam, war de Bus. Was fer Uffrechung! „Da, wonn mir mol ins Theater gehe wolle!"

De Bus hatt e halb Stund Verspätung un wie sollt es onnerster soi: Sie kame zu spät. Die Vorstellung lief

schun un mit Mieh un Not konnte se die Platzohwei-
serin dezu ibberredde, sie doch noch uff ihre Plätze
zu schleuse. Bewabbnet mit ihrm Daschelämpche un
mit der Bitte um absolute Ruhe beim Noigehe, hot
merr sich donn in die Vorstellung geschliche.

Uff de Biehn war de Othello schun im Gong. Er hot
grad mit der Desdemona rumgekrische un hot ge-
froht: „Wo kommt Ihr her, wo seid Ihr geblieben?"

Die Vorsitzende vun de Landfraue, die sowieso so
uffgereecht weche der gonz Verspätung war, weil sie
jo schließlich die Verontwortung fer dess Gonze hatt,
die war fertich mit de Nerve un die Frooch von dem
Othello hot ihr grad noch gefehlt. Un so hot se ziem-
lich unwirsch dem Othello uff de Biehn zugerufe: „Ei,
unsern Bus hatt Verspätung! Mir sein die Rammels-
bacher Landfraue, abber jetzt sein mer jo do."

De Othello uff de Biehn is dodruff völlich nebber
de Kapp gewese. Er hot vor Lache soin Text vergesse.
Die Desdemona is aach völlich ausgeflippt un obwohl
die Szene noch long net zu Ende war, wurd de Vor-
hang zugezooche un e Vertelstund Paus ohgesaat.

Die weitere Vorstellung wär sehr schee gewese, ab-
ber irgendwie wär immer irgendwo im Theater e Ki-
schern zu heern gewese. No ja, dess hot dem Morde

uff de Biehn e bissje von dere Grausamkeit genumme. De Othello hatt während de gonz Vorstellung trotz brutalstem Morde e Grinse im Gesicht un die Desdemona is lachend gestorbe. Alles in allem es war e schee Vorstellung. Die Landfraue von Rammelsbach sin zufridde haamgefahrn.

De „Othello" is in dere Saison noch oft gespielt worn, abber jedesmol wonn die Stell kam, wo de Othello gefroht hot: „Wo kommt Ihr her, wo seid ihr geblieben?", hätt merr nur mit Mieh un Not weiterspiele kenne, weil irgendohner uff de Biehn immer gepischbert hätt: „Vun Rammelsbach."

Un was dess heeßt, dess konn merr sich jo denke. Es Onsombel wär froh gewese, wie endlich die letzt Vorstellung vorbei gewese wär.

Die Frau Storr vun Dautenheim hot mir die schee Geschicht erzählt. Un is es net widder mol, wie ich immer saache? Es Lebe schreibt die scheenste Geschichte.

Die Fraa Babbisch

Am 2.12.2011 habbe mer morchens um 11.30 Uhr de Otto Dürr beerdicht.

De Otto war en feine Mensch. Mir habbe uns gut verstonne. De Otto heeßt Dürr un de Otto is – odder war – aach die Fraa Babbisch. E alt Meenzer Fassnachtsfigur un is frieher zusomme uffgetrete mit de Fraa Struwwelich. Aach en Monn in Frauekleider, Georg, odder Schorsch, wie merr bei uns säät, Berresheimer hot der gehaaße. Als Butzfraue sin se zusomme on Fassnacht uffgetrete un habbe alle Biehne uff de Kopp gestellt, sin dorch's Fernseh in gonz Deitschland bekonnt gewese. Un alle Leit habbe se geliebt. Un sie warn net nur uff de Biehn lustich, naa, sie warn aach so im Lebe.

Ich erinnere mich noch dro, wie ich de Otto es erstemol leibhaftich vor mir gesehe habb un dass ich dodebei völlich uffgelöst war un es gar net fasse konnt, dass de Otto Dürr, also die leibhaftich Fraa Babbisch, vor mir steht un mit mir gesproche hot. Ich war hie un weg. Uffgetrete bin ich domols fer de MCC. Dort war de Otto jo schun seit Ewichkeite debei. Ich habb bei dene moin Vortraach vun de Hongkong-Reise gemacht un nooch dem Vortraach hot do pletzlich en ältere Monn vor mir gestonne. Er hot mich gefroht, ob er mich emol dricke derft un ob ich ibberhaupt wisst, was ich do mache det. Ich det jo Fassnacht pur mache. Un dodebei hatt er Träne in de Aaache. Ich war gonz ergriffe, weil do jemond war – un dess habb ich gonz genau gespiert, – der die Fassnacht genauso empfunne hot wie ich.

Ich wusst erst gar net, wer er war. Abber donn, als ich ihn mir genau ohgeguckt habb, do konnt ich nur noch saache: „Ei, Sie sin jo die Fraa Babbisch!"

Ich war so stolz, dass do de Otto Dürr, die Frau Babbisch, ibber die ich schun Träne gelacht habb, als ich noch e Kind war, mich ohspricht un mich lobt un drickt un kisst.

Un so kam es, dass ich beim MCC gelondt bin. De Otto hot mich es erstemol in Mumbach gesehe un hot de MCC uff mich uffmerksam gemacht. Die habbe mich donn oigelade un mich gefroht, ob ich net aach emol bei ihne ufftrete kennt un dess habb ich donn aach gonz stolz gemacht un da: Ich war debei!

Mir hatte noch viele scheene Jahre. De Otto hot mir oft erzählt, was die frieher als fer Dinger gerollt habbe. Oh Geschicht habb ich net vergesse: Sie habbe uff de Biehn irgendebbes gemacht un musste dodebei Schilder traache. Aach de Otto hot soi Schild hochgehalle.

Vorne dess war fer es Publikum, was hinne druff gestonne hot, war fer die Komitäter. Als die dess gelese habbe, sin se bald vum Stuhl gefalle. Er hat uff die Rickseite vun dem Schild geschribbe: „Ihr Schweine habt gefurzt!"

So war er, de Otto, en lustige Kumpel un en feine Kerl. So ene gibt es selten. Schad, dass er gehe musst, abber aach gud, dass er es ibberstonne hot. Die Kronkheit, die er hatt, war sehr schwer un wonn ich ihn getroffe habb un wisse wollt, wie es ihm geht, do war ich immer traurich: Die letzte Jahrn warn net so toll.

Un donn is er gestorben. Er war noch im Kronkehaus gelehe, weil er en Oberschenkelhalsbruch hatt. Merr hot en operiert un er sollt de nächste Daach in die Reha komme. Abber es hot net mehr solle soi. Er is erlöst worn.

Machs gud, moin Otto: Bist jetzt uffgehobe bei all dene onnern Fassnachter, die schun vor dir in de Himmel ginge. Un dodevun bin ich uff jeden Fall ibberzeucht: En Fassnachter kimmt immer in de Himmel! Schließlich will unsern Herrgott jo aach emol was se lache habbe. Un wonn de Otto kimmt, do hott er unner Garandie ebbes zu lache. Bestimmt hot er de Schorsch Berresheim gleich vorne on dess große Oigongsdoor geschickt um de Otto absehole. Un wonn se halt emol was gemacht hätte, was net so einwandfrei gewese wär un was de Herrgott bestroofe misst, ei do kennte se jo als Stroof emol de Himmel butze, die Wolke ausschittele un de Engel die Flüchel auskloppe. Schließlich warn se jo jahrlong als Butzfraue unnerwegs un fer ebbes muss dess jo aach gut gewese soi.

Ja, un wonn es bei mir mol soweit wär, ei do det ich mich freie, wonn ich enuff kumme det, wonn do de Otto un de Schorsch mich willkumme haaße dete. Wär doch kloor, odder?

KLASSETREFFE VON DE STEINHÖFEL HANDELSSCHUL

Letzt hatte mer widder mol nooch longer Zeit Klassetreffe von de Handelsschul. Ich gehe do gern hie, ich bin nämlich immer dro interessiert wie die Zeit aach mit moine Schulkamerade und -kameradinne, umgonge is.

Mir warn domols, 1962, all sesomme bei de „Steinhöfel Handelsschule", e private Handelsschul. Eichentlich wollt ich do gar net hie, abber moi Mudder hot druff bestonne. Un zwar hatte e Nachbarskind, mit dem soine Mudder moi Mudder net gut gestonne hot, die hot im Johr vorher dort die Uffnahmeprüfung gemacht un is dorchgefalle. Tja, un do is moi Mudder uff die Idee kumme, vun weche: So, un jetzt probierst du es mol!

Ich war net schlecht in de Schul, abber unsern Lehrer hot vun de Handelsschul abgeroote. Un dess hätt er net mache derfe, ich habb nämlich gedenkt: un jetzt grad! Ich habb die Prüfung geschafft un ich war zufridde un bin heit noch froh, dass moi Mudder mir die Schul verordnet hot.

Fer mich war es net ofach uff die Hondelsschul se gehe, net weche de Intelligenz, naa, do hot e gonz onner Sach e Roll gespielt, nämlich es Geld. Normalerweise gehe nur Kinner aus gutem Haus uff e privat Schul, weil do Geld do is. Fer e Kind aus ner arme Familie, so wie ich ohns war, is do eichentlich gar koon Platz. Abber moi Mudder war ehrgeizich. Sie hot die monatliche Zahlunge in Kauf genomme; abber wonn de Erste war un es Schulgeld war widder fällich, do bin ich ihr monchesmol aus em Wech gonge. Dess Schulgeld musste mir immer bar mitbringe un abgebbe. 100 Mark hot die Schul gekost im Monat. Dess war 1962 en Haufe Geld. Dess Geld musst ich dann bei de Direktorin, der Frau Rackow, abgebbe.

Die wurd donn später vom einem Herrn Brück abgelöst un gonz ehrlich, der hatt es net leicht mit unserer Klass. Mir warn jung un mir warn dumm. Un wie merr'n Lehrer odder e Lehrerin fix un fertich mache konnt, dess hatte mir domols raus. Außer de Frau Schriewer un de Frau Singer habbe mir se all geschafft.

Es hot long gedauert bis ich mich in de Klass wohl gefiehlt habb. Ich war vum Lond, vun Draas. Hochdeitsch war fer mich e Fremdsprooch, dess habb ich nur vom Bicherlese gekennt. Tja un als ich donn de erste Satz in de Klass vor alle Schüler vun mir gebbe habb, hot die Lehrerin, die Frau Schriewer, so e kloo Persönche, vor der mir abber all Regatt hatte, tja die hot mir donn unmissverständlich klar gemacht, dass in der Privaten Steinhöfel Handelsschule in meiner Sprache nicht gesprochen wird. Es war fer mich en furchtbare Schreck un donn wurd es zur Qual. Ich habb mich bemieht, Hochdeitsch se redde, abber ich kam mir so lächerlich vor un ich mecht net wisse, wie dess in de onnern ihre Ohrn geklunge hot. Es war unner Garandie Hochdeitsch mit Knorze, wie de Volksmund so säät. Es war fer mich net schee.

Zwaa Röck, zwaa Bluse, e Paar Sandale un e Paar annern Schuh – dess war alles, was ich zum Ohziehe hatt un dess habb ich abwechselnd ohgezooche. Dass ich do unner Minderwertichkeitskomplexe gelitte habb war klar. Wonn ich e nei Heft odder en Bleistift gebraucht habb, hot moi Mudder en Nervezusommebruch krieht, wechem Geld. Weche dem viele Geld, das die Schul kost. Dass sie selbst dro Schuld war on

der Misere, dess konnt ich ihr jo domols net vorwer-
fe. Do wär die Stubb zu kloo gewese.

Bei moine Schulkamerade war dess onnerst. Die
warn all gut ohgezooche, die hatte aach immer mol
Geld fer e Cola se kaafe odder e Lachsbrötche beim
Fisch-Jackob odder in dem Quelle-Kaufhaus, dess
gleich nebbe de Schulräum war un dess mir ibber so
en Uffzuuch erreiche konnte.

Aber es war, wie's war. Ich musst do dorch. Nur dess
Gefiehl do net dezusegeheern, dess hot mich immer
begleitet. Gonz ehrlich: Selbst als mir es erste Mol
Klassetreffe hatte, war ich zwar sehr neigierich, abber
dess Gefiehl, do net hiesebasse, dess war gleich wid-
der do.

Die zwaa Jahr uff de Handelsschul warn schnell
erum, jeder ging soin Wech. Sie habbe es all zu was
gebrocht un ich aach. Un wonn ich erzähle von moi-
ne Minderwertichkeitskomplexe, do glaabe die mir
dess gar net, do lache se mich aus. Abber es war so.
Ich hoff, es bleibt net so un irgendwonn habb ich viel-
leicht emol begriffe, dass ich doch dezugeheer.

Schlüsselaktion

Die Fassnacht fängt fer mich in dem Johr om 14.1. 2012 oh. Ich hall on dem Daach es erste Mol moin neie Vortraach.

Wie immer geht's mir vorher net so besonders: Wer waaß, wie der Vortraach ohkimmt. Ich versuch, die Nerve se behalle. Ich bebabbele mich: Mach jetzt doi Kostiem fertich, packs oi. Hoste die Schuh oige-packt?

Ich guck zum zwanzigstemol nooch moim Vor-traach: Habb ich den aach gonz bestimmt oige-steckt?

Es is alles okay. Ich kennt jetzt ruhich soi, abber in mir rumorts. Mir is elend. Gott sei Donk werd moi Freundin Gertrud mit mir ins Schloss fahre, sie is on Fassnacht moin ruhende Pol. Wonn ich ausflippe will, heelt sie mich widder runner. Ich bewunner dess sehr un bin dodefer sehr donkbar.

Es is soweit, es is halb zeh, ich muss uffbreche. Ich zieh moin Jack oh, nemm noch de Müll mit enunner, drei Dutte voll. Die hall ich in de link Hond, die Dasch mit de Fassnachtsklamotte hall ich in de recht Hond. Außerdem habb ich noch moin Autoschlissel un moin Wohnungsschlissel in de link Hond. Ich bin bepackt, komm abber gut unne oh, werf die drei Mülltüte jeweils in die richtiche Tonne, un wie dess bassiert war, fällt mir oi: Wo is moin Wohnungsschlissel?

Um Gottes Wille! Den muss ich mit dem Müll in die Tonn geworfe habbe. Verflucht! Es is stockdunkel, ich habb jetzt gar koo Zeit mehr, noochsegucke, ich muss ins Schloss. Ich kennt vor Wut platze. Immer mir bassiern so Sache, nur mir!

De Ufftritt lääft gut, es werd gelacht, ich bin froh, wär abber noch froher, wonn ich wisst, dass ich moin Wohnungsschlissel widder sinne det. Es is jetzt mittlerweile zwaa Uhr nachts, es is bitterkalt. Ich fahr haam, stell moi Auto on die Mülltonne, loss es Licht vum Auto oh un beginne demit, drei Mülltonne zu entleern un widder oiserahme. Was fer en Spass ...

Bei de Biggi, moiner Hausmitbewohnerin, brennt noch Licht. Ich klingel, bitte sie um e Daschelomp. Sie lacht un gibt merr die Daschelomp. Gonz dief muss ich in de Mülltonne wuhle, da, do fällt merr aach noch die Daschelomp in die Tonn, ich bin selbst halb in dere stinkisch Tonn. Ich kennt flenne. Was fer e Elend! Mitte in de Nacht, bei minus 3 Grad in de Mülltonne se wuhle – naa, dess macht niemond Spass. Ich denk voller Sehnsucht on moi gemietlich Bett.

De Schlissel is net se finne. Verfluchter Mist. Mir bleibt nix onnerster ibberisch, als zu moiner Dochter se fahrn un bei ihr uff de Couch zu ibbernachte. Ge-saacht – getan. Moi Dochter trifft fast de Schlaach als se um 3 Uhr nachts Schritte vor de Wohnung heert, sie is sehr ängstlich un es Herz kloppt ihr bis zum Hals. Donn is sie sehr erleichtert, als se mich erkennt und lässt mich roi. Ich schloof uff de Couch.

Om nächste Morje falle moi Enkel ibber mich her. Ich bin wie gerädert, abber die zwaa Goldiche mache mich widder glicklich. Was soll ich mich ibber den bleede Schlissel uffreeche, es gibt schlimmern Sache.

Trotzdem mach ich mich nooch em Friehstick uff un hol mir bei moim Vermieter de Ersatzschlissel. Ich bitte ihn, mir en neie noochmache se losse, was er aach mache det. „Abber", säät er, „guck lieber noch emol, dass du doiner findst: En neie kost nämlich 25 Euro."

Mir egal, die Hauptsach ich konn in moi Wohnung.

Endlich steh ich widder vor moiner Wohnungsdier. Schließ erleichtert uff, mach die Wohnungsdier zu un do, do steckt der verfluchte Schlissel im Schloss!

Ich kennt mer in de Hinnern beiße. Was habb ich do nur widder ohgestellt! Oh Stund bin ich umsonst vun zwaa bis um drei Uhr nachts in bitterster Kälte in de Mülltonne rumgekrabbelt, habb mich dreckich gemacht. Un warum? Weil ich bleed bin! Weil ich widder viel zu hektisch war. Abber trotz allem: Ich bin erleichtert. Ich bin widder im Warme un ich waaß gonz genau, ich werde den Schlissel nie mehr stecke losse!

Abber – wonn ich gonz ehrlich bin: Dess habb ich jo es letzte Mol aach gesaat.

DIE PLASTIKDUTT

De Dietze Werner, was moin Nochbeer is, der hot mir widder e Ding erzählt – ich habb Träne gelacht!

Also die Sach war die: Soi Freunde un er sin Ohänger von de Frankfurter Eintracht un sie sin darum mit de S-Bahn vun Meenz aus zum letzte Saisonspiel gefahrn un ohschließend nooch Frankfurt-Sachsehause, um sich dort on em gute Äppelwoi se laabe un um sich se omüsiern.

Beides hot aach gut geklappt. Es Omisemeng war groß, die Stimmung wie immer riesig. Die Stunde ginge bei Gelächter, gutem Esse un em hervorragende Appelwoi schnell erum un donn war es aach schun Zeit fer uffsebreche, um die letzte S-Bahn zu kriehe. Wonn merr die net kriht, do is merr uffgeschmisse, do muss merr stundelong in de Nacht uff em Bahnsteich hocke un waate bis morjens die erst endlich widder fährt.

Abber es hot alles gut geklappt, merr kam pinktlich am Bahnhof oh. E paar Minute musst merr noch waade bis die S-Bahn kam.

Do säät uff omol de Herbert: „Ich muss emol."

Ja, is jo alles gut un schee, abber weit un breit koo Toilett. De Herbert is unruhich worn. Hot genervt, alsfort un immer widder, vun weche er misst doch emol un es wär gonz dringend. Die Freunde wusste jo aach net, was se mache sollte, also habbe se zu ihm gesaat, er sollt es oihalle, die S-Bahn käm jo jeden Aacheblick un do kennt er donn aach uff die Toilett gehe. Die Boo sesommegepetzt un versucht, net on soin Drang zu denke, hot de Herbert uff em Bahnsteich gestonne.

Un donn kam die S-Bahn. Gott sei Dank, em Herbert ging's direkt besser, er war heilfroh. Oisteihe un nooch de Toilett geguckt war ohns. Tja, un donn hot er Panik krieht: In de S-Bahn gab es gar koo Toilett! De Schweiß is em Herbert ausgebroche, er hätt flenne kenne. Bis Meenz, dess war ihm klar, konnt er sich net beherrsche, so gern er dess aach gemacht hätt.

Soi Freunde habbe soi Not gesehe un die wolltem helfe. Abber wie? Do sehe se en junge Monn im Zuuch sitze, der hot gelese un der hatt nebber sich e Plastikdutt liehe.

Die Plastikdutt – hier laach die Lösung! Ohner ging zu dem junge Monn un hot den gefroht, ob er ihne net soi Plastikdutt freundlicherweise ibberlosse kennt. Der junge Monn hot sich zwar gewunnert, abber er hot jo net on dere Plastikdutt gehonge. Er hot soi Budderbrot aus de Dutt genumme un die Dutt mit em freundliche „Bitte sehr, wonn dess alles is, was Se wolle!" de Freunde vom Herbert ibbergebbe.

Endlich war Erlösung in Sicht. De Herbert hot sich in e Eck vun de S-Bahn gestellt un soim Bedürfniss freien Lauf gelosse. Wer emol in solch einer Situation war, der waaß genau, was dess fer e Erleichterung is, was dess fer Erlösung is, wonn merr soi Wasser endlich losse konn.

De Herbert hot sich gefiehlt wie nei geborn. Die Plastikdutt war halb voll, die hot er donn obbe sesommegeknoot un festgehalle. Ja, un donn hot er gemerkt wie soi Hose nass worn sin. Denn bei dere Plastikdutt is aus drei Löscher soi – ei ja, Sie wisse schun, was ich meene – gelaafe. Um Gottes Wille, wie peinlich! Abber was sollt merr mache? Die Plastikdutt war bald leer un die Brieh hot mitte in de S-Bahn gestonne. Un immer wonn die S-Bahn um die Kurv gefahrn is, hot sich der See in de S-Bahn hie- un herbeweecht.

Die Bande hot gelacht un getoobt un aach noch

gelästert un do hot's em Herbert gelongt un er is on de nächste Haltestelle ausgestiehe. Die Sach war ihm furchtbar peinlich un wie merr do noch dribber lache konnt, naa, dess konnt er net verstehe un so hot er wutentbrannt die Stelle seines Missgeschicks verlosse un is aus de S-Bahn ausgestiehe.

Monche vun de Freunde habbe so gelacht, dass dene die Träne om Backe runnergelaafe sin un sie jetzt selbst in Bedrängnis kame, weil sie vor lauter Lache beinahe selbst in die Hose gebrunst un jetzt aach e Toilett benöticht hätte. Abber Gedonke habbe sich die Freunde donn trotz aller Lacherei gemacht, schließlich war merr jo noch net in Meenz un wie sollt donn de Herbert haamkumme? Un wie sollt merr donn soiner Fraa erklärn, was bassiert is un wo er is? Naa, naa, so was bassiert jo net alle Daach.

Endlich is die S-Bahn in Meenz oigelaafe. Schnell is merr ausgestiehc un hot dort erleichtert un verwunnert de Herbert stehe geseh. Sie habben gefroht, wieso er donn ausgestiehe wär un wieso er donn schun hier in Meenz wär. „Ei", hot do der gesaat, „ich bin doch net bleed un bleib in em Abteil sitze, wo ohner enoigepinkelt hot! Ich bin ausgestiehe un in de nächste Waache widder oigestiehe."

DE UNKEL PAUL UN DIE TONTE HILDE

Ich bin jo so froh, dass ich die zwaa noch habb!

Er, de Unkel, wird 88 un die Tonte 86. Beide sin geistich noch fit, nur kerperlich, do klappts monchmol net so wie se wolle. De Unkel hot jetzt vor Korzem uffgeheert mim Fahrrad se fahrn. Er is demit e paar mol gefalle un er will jo sich un onnern net in Gefahr bringe, also: Es werd koo Fahrrad mehr gefahrn. Er schiebt's jetzt. Wonn er oikaafe geht, packt er die Lebensmiddel in de Korb vum Fahrrad un schiebt's donn gemietlich haam. Er is de Einkäufer. Er studiert die Zeitung, die Ohgebote, er entscheid, was oikaaft werd, was gesse werd. Dess lässt er sich net nemme, do besteht er druff.

Die Tonte is fer dehaam erum zuständich. Fer's Butze un fer's Koche. Un do is se Expertin. Do macht ihr kooner was vor. Do konn merr uff em Boden esse, so sauber is alles. Die Wohnung, do blinke die Fenster, die Spiechel, alles was im Haushalt se blinke hot, dess blinkt, dess strahlt.

Die zwaa habbe ihrn eichene Rhythmus. Un so long se den noch beibehalle, do mach ich mer koo Gedonke. So long em Unkel noch es Esse schmeckt, bin ich beruhicht. Morjens ordentlich gefriehstickt, middaachs was Gutes gesse.

Sie habbe ihrn Daachesablauf. Do halle se sich dro, do konn drauße die Welt unnergehe, egal, es lääft alles wie jeden Daach seit moiner Kindheit. Morjens beizeite uffsteihe, ins Bad, ohziehe. Die Tonte leht die Bedder aus un donn werd gefriehstickt. Nooch em Friestick, Zeitung lese, Notize mache, wo was günsticher is. Donn werd de Oikaafszettel geschribbe. Die Tonte hot während der Zeit die Bedder roigeleht un gemacht. Do is koo Falt im Koppekisse. Abgestaabt werd aach noch, de Spiechel noochgeribbe, alles blitzsauber un es riecht gonz frisch.

Wonn ich nur e bissje vun de Tonte hätt!

De Unkel macht sich jetzt uff de Wech, die Geschäfte mache gleich uff. Die Tonte rahmt de Friehsticksdisch ab, reibt noch emol ibber de Kicheschronk, wiehnert die Fliese ibberm Herd un betracht sich in de glänzende Abzuchshaub. Sie hot die Kittelscherz oh. Sie hot zwar jede Menge scheene Klamotte, abber naa, do is se aach eichen, sie zieht jeden Daach en Kittelscherz oh. Nur wonn merr mol ausgehe, do is se rausgebutzt, do kennt merr se bald net mehr. Do leht se ihrn gute Schmuck oh, die goldne Ohrring wern ohgezooche, do is merr baff. Do sieht se aus wie e foi Fraa.

Ja, die Tonte. Ich muss mich immer wunnern, wie se dess so dorchhält. Immer esselbe, Daach fer Daach, un dess Scheene on dere Sach is: Sie macht es aach noch gern. Monches net so gern, abber was se macht, dess macht se richdich. Net so wie ich, monchmol nur dinn dribber. Naa, dess gibt's bei de Tonte net. Entweder gonz, odder gar net.

De Unkel kimmt serick, die Tonte atmet uff, gut dass er widder do is. Sie hilft em die oikaafte Lebensmittel roitraache. Zwaamol hot merrm schun es Brot geklaut. Aus em Oikaafswaache raus. Dess hätt es frieher net gebbe. Un dess ärjert en, do werd er sauer.

Sie rahme noch alles dorthie, wo es hiegeheert un donn muss de Unkel e Päusje mache. Er setzt sich in soin Sessel un is so froh, dass er dess mit dem Oikaafe heit Morje widder geschafft hot. Die Tonte guckt, ob se die Fenster butze muss. Sie hot se zwar erst die letzt

Woch gebutzt, abber es war die Woch so trocke, vielleicht muss merr nur mol korz dribber reibe. Wonn die Tonte moi Fenster sehe det, die det de Schlaach treffe. Ich habb schräche Fenster un ich kennt se jeden Daach butze, weil de Blütestaab druff leiht, abber naa, dess is mir zuviel, ich habb jo aach noch onnern Sache se due.

Die Tonte hot emol schnell hinne im Wohnzimmer ibber die Scheibe gewischt, es is alles widder in Ordnung. Sie guckt sich die Gardine oh, die nächst Woch sin se fällich. Keine Ahnung, wie se dess macht. Sie steiht mit ihre 86 Johr uff die Laader, de Unkel muss se halle un sie hängt die Vorhäng ab un später aach widder dro. Mir werd's do immer gonz blümerond, wonn ich dess mitkrieh. Bevor se on die Fenster is, hot se unne im Keller noch die Wäsch uffgestellt. Blüteweiß kimmt die in die Maschin und blüteweiß kimmt die do aach widder raus. Ohschließend werd se gleich noch em Trockne unne im Keller gebichelt.

De Unkel ruht noch im Sessel. Es is glei elf. Die Tonte fängt oh se koche. Sie konn so gut koche, aber monchmol säät se zu mir, sie hätt koo Lust mehr. Es det ihr alles zu viel wern. Do krieh ich immer Ängst. Ich will dess net, ich will, dass se so bleibt, wie se immer war, dass se immer do is, wonn ich se brauch. Wusselich, köperlich un geistich fit, lebenserfahrn uff alle Gebiete. Sie waaß alles ibber Kronkheite. Mir wär om liebste, wonn se alle zwaa 110 Johr wern dete un ich det se net ibberlebe, die zwaa mir so liebe Alte.

Die Tonte kocht, alles genau ibberleht, so wie immer. So hot schun moi Großmudder gekocht. Vun der hot se jo aach alles gelernt. Die Großmudder war e stolz Fraa. Geld war domols knapp, aber de Kopp hoch, die Ärmel hochgekrempelt, de Armut getrotzt. Die Klamotte geflickt, die Strimp gestoppt, die Schuh gewiehnert. So ging se mit moim Opa dorch die schwere Zeite.

Es Esse is fertich. De Disch is gedeckt. De Unkel wäscht sich die Händ un sie sitze beim Middaachesse. De Unkel longt zu. Gott sei Donk, er verlongt noch en Schepper. Es schmeckt abber aach zu gut. Dess Haschee, was die Tonte kocht, is klasse. Die Kartoffelkleeß, de Grießbrei. Alles werd noch uffgemotzt. On die Soß macht se e bissje Sahne dro. Bei de Grießbrei dut se e groß Stick Butter. Sparn braucht merr net mehr. De Unkel hot soi Rente, sie habbe immer sparsam gelebt. Die Tonte kennt sich gut aus mit Aktie. „Die musste jetzt kaafe, die onnern musste verkaafe un die kääfste om beste gar net." Ich bin monchmol sprachlos. Wonn ich nur e bissje vun ihr geerbt hätt!

Es Middaachesse is erum. De Unkel geht jetzt ins Fernsehzimmer, entspannt sich beim Fernsehgucke. Die Tonte rahmt es Gescherr in die Spielmaschin, wischt de Disch ab un butzt noch die Kich un es Treppehaus enunner. Jeden Daach. Do gibt's koo Ausnahme. Donn is se fertich. Sie setzt sich on de Disch un nockelt oi. Kooner leht sich ins Bett. Gonz, gonz selten bassiert dess. Die Oma hot aach nie gelehe. Nebberm Kohleherd hot se uff em Stuhl gehockt un genockelt. E Middachsschläfche im Bett – nie un nimmer. Warum, waaß ich net, abber es war halt so.

Also: Ich leh mich monchmol middachs ins Bett. Un ich gebb es aach zu: Ich schittel's donn net mehr uff. Ich loss es ofach so leihe. Wonn ohner kimmt, mach ich ofach die Schloofzimmerdier zu. Wonn die Tonte nett nockele konn, macht se Kreuzworträtsel odder lest en Liebesroman.

Irgendwonn kimmt de Unkel un fräht wie es aussehe det mit Kaffeetrinke. Kaffeetrinke! Die Tonte steiht uff un macht Kaffee. Koffeeinfreie Kaffee. De Unkel heelt Kuche ebei. Un donn sitze se sesomme un trinke Kaffee. Ich habb middlerweile aach ohgerufe. Habb erzählt, was bei mir heit los war, was ich noch vorhabb usw. Un dess erzählt se jetzt em Unkel. De Unkel gibt soi Kommentare dezu. Sie sin jetzt noch e Zeitlong beschäfticht mit mir. Donn geht de Unkel in de Keller un träht de restliche Kuche enunner. Weil do is es kiehl un do bleibt er aach frisch. Es is jetzt halb vier. Die Tonte is widder demit beschäfticht de Disch ab- un die Spielmaschine oiserahme. Ohgestellt werd die noch net, erst wonn es Gescherr vum Obendesse dezu gestellt werd. De Unkel lääft om Daach oft die Kellertreppe eruff un enunner. Dess hält fit, säät er. Die Tonte fräht de Unkel, ob se noch uff de Friedhof gehe wollte. De Unkel säät: „Naa, heit net. Heit konn ich net. Mer gehe morje frieh."

Moin Kusseng, ihrn Sohn, den musste se hergebbe, vor fast drei Johr is er gestorbe. Mir warn froh, dass er erlöst worn is. Trotzdem: Er musst viel zu frieh gehe. Sie traache es mit erhobenem Kopp. Sie jammern net. Sie hoffe, dass se bald bei ihm sin. Aber es is furchtbar fer se und sie denke, kooner sollt soim eichene Kind ins Grab gucke misse. Abber es Lebe macht, was es will.

De Unkel stellt die Budder raus, es is gleich fünf Uhr. Bis se esse, is se waasch. Es Teewasser kocht schun, die Worscht un es Brot kimmt uff de Disch un um halb sechs fonge se oh mit em Nachtesse. De Unkel isst jeden Obend soi drei Scheibe Brot, naddierlich gut beleht. Dodenooch werft er soi Tablette oi, die er fer soi Wohlbefinde zu sich nemme muss. Obends ruf ich oft nochmol oh: Ob alles klar is, ob de Unkel gut gesse hot un donn bin ich beruhicht.

Sie erzähle von frieher, als de Opa noch do war, die Oma. Sie habbe se bei sich gehabbt, habbe se gepflegt bis zu ihrm Dot. Monchmol mache se sich Gedonke, was aus ihne wern soll. Abber do is jo noch die Schwiecherdochter un do bin noch ich. Ich habb moi Lebdaach alles fer se gedoe. Ich war ihne so donkbar, fer alles was se mir Gutes gedooe habbe un dess war net wenich. De Unkel greift noch em dritte Brot, die Tonte is froh. Erleichtert, es geht em gut. Trinke, sie trinke viel. Sie trinke warmes Wasser, dess wär sehr gesund saache se. Ich habb es aach schun probiert, abber ich will dess net. Monchmol wonn ich beim Esse debei bin, seh ich, dass de Unkel un die Tonte ihr Brot, selbst wonn es schun e bissje hart is, uffesse. Es werd gesse bis uff es letzte Stick. Ich mach dess net. Also wonn es mir zu hart is, werf ich es fort. Det bei dene zwaa net bassiern. Sie wisse noch, was e Brot wert is. Sie habbe jo zwaa Weltkrieche mit gemacht.

De Unkel steiht uff un guckt noch e bissje Fernseh. Die Tonte stellt es Gescherr vum Obendesse in die Spülmaschin un stellt se oh. De Disch noch emol abgewischt, noch Krimmele uff em Bodden geguckt. Worscht un Butter in de Kiehlschronk gestellt. Sie is jetzt mied. Setzt sich noch e bissje on de Kichedisch un simmeliert ibber den Daach. Sie guckt uff die Uhr. Gott sei Dank, in nerr halb Stund kenne merr uns ausziehe un ins Bett lehe. Un dess mache se aach. Un donn liehe se in ihre Bedder, drauße schläht die Uhr acht. Ich det so gern noch emol zwische ihne leihe un winscht mir moin Kusseng Kurt ebei. Zu viert habbe merr im Bett geleh und dumm Zeich geschwätzt. Abber de Kurt fehlt un dess dut weh. Sie erzähle noch long. Irgendwonn schnarscht de Unkel. Er schläft immer dief un fest. Die Tonte hot do e bissje Schwierichkeite, abber was soll se sich beschwern. Sie hängt ihre Gedonke nooch un irgendwonn is se aach oigeschloofe.

Un de nächste Daach geht alles widder vun vorne los. Sie habbe es Lebe so ohgenomme wie es is. Sie habbe sich dem Alter gebeugt. Sie wisse was se noch mache kenne un was net un sie hoffe, dass se noch e paar Jährcher zusomme habbe. Un dess, dess is aach moin allergreeßte Wunsch.

DIE KREBBELE WARNS

Es war widder Fassenacht un ich war bei de Fernseh-sitzung mit debei. Es is net so moi Sach. Uff de oh Seit will merr in die Fernsehsitzung, uff de onner Seit ver-liert merr, meines Erachtens, soi Unbeschwertheit. Also ich jedenfalls! Un merr hot die Fernsehsitzung immer im Nacke sitze. Weil, wonn merr schun öfters debei war, waaß merr, dass dess Publikum, dess bei de Fernsehsitzung debei is, den Vortraach, den merr macht, schun e paar Mol gesehe bzw. geheert hot, also dementsprechend is donn aach die Begeisterung. Nur wonn die Kameras drufhalle, donn wern die meiste aktiv. Klatsche, jubele un rufe „Helau!"

Es war also widder soweit. Die Sitzung war am Laafe, die Akteure warn aktiv, es Publikum – ja, was war mit dem Publikum? Komisch, was is donn do los? Mir is es schun Ängst un Bang worn. Zwar hatt ich im Vorfeld alle Sääl umgeleht, wie merr so schee säät, abber hier – es wurd mir gonz blümerond. Politiker warn heit Obend do, vun alle Parteie. Es warn widder mol Wahle.

Es war unruhich im Saal un wonn de Rolf Braun on dem Obend Sitzungspräsident gewese wär, der hätt dene im Saal als erstes emol Oihalt gebote. Der hätt defer gesorscht, dass die Ruhe gehalle hätte.

Die Sitzung war bis jetzt gut, doch donn kam's! Vor mir kam de Nick Benjamin, der kimmt vun de Bohnebeitel un der hot dort e nettes Liedche ibber die Mumbacher Mädcher gesunge. In Mumbach is dess bestens gelaafe. Im Schloss net. Während em Singe ging die Stimmung im Saal mit dem Mumbacher Mädche de Bach enunner. Vielleicht heelt er jo alles widder raus mit soim Krebbellied. Ich habb's gehofft, abber leider hot merr, während de Nick soi Krebbellied gesunge hot, unne im Saal Krebbele verdeilt un jeder im Publikum wollt unbedingt en Krebbel, merr hot laut gerufe: „Hierher, ich will aach ohner!" Merr hot gemeent, die hätte noch nie en Krebbel gesehe, geschweiche donn gesse. Es war gonz schlimm. So was hatt ich noch nie erlebt un ich bin do jo aach schun e paar Johr debei. Die Stimmung war im Eimer.

Es wär vielleicht net gonz so schlimm gewese, wonn merr während em Nick soim Lied, koo Krebbele verdaalt hätt, abber naa, merr musst Krebbele verdeile un anstatt uffmerksam dem Lied zuseheern, hot merr die babbische Krebbele gesse, die Händ abgeleckt, noch em Daaschduch gegriffe – eine Katastrophe fer jeden Redner. Wonn jetzt e Ballett uffgetrete wär, hätt merr vielleicht noch emol es Rad rumreiße kenne, aber es kam koo Ballett, naa: Ich war dro. Was jetzt kam war mir klar, war alle Akteure klar un sie habbe mich alle bemitleid.

Ich bin mit zitternde Knie uff die Biehn. En Blick ins Publikum, ich habb gestutzt. Was war donn do los? Dess Publikum, dess heit do unne gehockt hot, dess hot gar net uff die Biehn geguckt, dess hot sich gecheibber gesesse un sich laut unnerhalle. Im Saal sin Leit rum gelaafe. Wahrscheinlich hatte die babbische Händ, sin vum Händewäsche von de Toilette komme. Also ich war baff. Dess hatt ich noch nie erlebt.

Es kam wie es komme musst. Moin Vortraach, mit dem ich so viel zum Doobe gebrocht hatt, hot koon Mensch interessiert. Es war viel zu laut, die Leit habbe sich unnerhalle un ich habb in die Bitt gestonne un ibberleht, ob ich vielleicht saache sollt von weche, jetzt halt mol eier Mailer. De Mut hätt ich schun gehabbt. Abber dess hätt wahrscheinlich die Sitzung noch mehr runnergezooche un deshalb habb ich es gelosse.

Später habbe mich die Kameramänner getröst, habbe mir gesaat: „Mach dir bloß nix draus, die habbe jo politische Gespräche während de gonz Sitzung gefiehrt." Ich mach gern Fasenacht. Ich mach gern Bleedsinn. Ich mach koo intelligente Vorträch, habb ich noch nie gemacht un bei moine Vorträch, do muss merr halt mitgehe un merr muss aach Spass habbe wolle.

Was des Publikum in dem Johr habbe wollt, dess waaß ich net. Ich fand es jedenfalls respektlos uns Akteure gecheibber. Un wonn selbst de Jürgen Dietz sich ibber monchen im Publikum öffentlich beschwert, vun weche in de erst Reihe gehockt un während de gonz Sitzung koo Miene verzooche, also do konn merr sich schun denke, was on dem Obend los war. Schad. Also ich schäme mich fer so e Publikum. Do is Meenz dorch die Fernsehsitzung so bekonnt worn, do waate Millione von Mensche uff die Sitzung, do det so moncher von dene sich winsche nur omol dodebei se soi, dess emol zu erlebe un donn passiert sowas!

Es war zum Heule. En Vortraach steht un fällt mit em Publikum. Du kannst de beste Vortraach halle, ohne es Publikum, kannsten in de Rhoi werfe. Un mir, die mir die Ehre habbe, bei de Fernsehsitzung mitsemache, mir wurde ausgewählt, weil mir die Sääle zum Kreische gebrocht habbe und zwar net nur ohn Saal. Un selbst wonn en Vortraach mol net so lääft wie sunst, e gut Publikum muss aach so was traache. Keiner im Publikum konn sich es Recht rausnemme un de Reich-Ranitzki vun de Fassnacht mache. Es sei donn, er hätt selbst emol en Vortraach geschribbe un gehalle.

Also dis Johr war die Fernsehfastnacht frustrierend un ich wollt eichentlich de Kram hieschmeiße. Abber bin ich donn verrickt? Ich habb schun es Thema fer die nächst Fassenachtskampanje un ich frei mich schun druff, wonn ich widder uff de Biehn stehe un die Leit unnerhalte derf. Nur wonn widder vor mir Krebbele im Saal verdaalt wern, donn weigere ich mich, enaussegehe. Un wonn es Publikum widder so laut ist, donn saach ich net, vun weche mol bissje Ruhe gehalle. Naa, do saach ich: „Herr Sitzungspräsident, könnten Sie bitte dafür sorgen, dass die da unten ihre Mäuler halten!"

Es ging mer net so gut nooch de Sitzung. Trotzdem habb ich mich net hänge losse. Abber es Schlimmste kam jo noch: Ich musst mit moim Vortraach noch zwaamol ufftrete. In Mumbach bei de Eule un beim MCC im Schloss, alles om nächste Daach. Mir war gonz schlecht. Als ich nooch Mumbach kam, habbe se mich wie immer sehr freundlich empfonge. Abber mir ging die Muffe. Nur: Was wollt ich mache? Also de Kopp hoch, gelacht un uff die Biehn. Unne, habb ich gesehe, hot de Jürgen Dietz gesesse. Ich habb nur gedenkt, no, der hot mir grad noch gefehlt.

Gott sei Donk, noch em erste Satz hatt ich se schun. Es ging sofort de Pank ab. Ich habb en Zirkus uff de Biehn gemacht, mit moim Vortraach vun de Fernsehsitzung gestern. Sie habbe all Träne gelacht, gestonne un gekrische un es hot mir so gut gedoe. De Dietz unne war fassungslos, un ich war froh, dass er miterlebt hot, wie de Vortraach bei normalem Publikum gelaafe is. Weiter ging's ins Schloss. Leit, do war de Deibel los. Ich hatt se so im Griff! De MCC war glicklich. Sie habbe mich gedrickt un gekisst, de Hessische Rundfunk hot gesaat: „Hildegard, unsere Tür steht dir immer offen."

Was wolle mir Redner donn? Net viel. Nur bissje Uffmerksamkeit, was uns aach zusteht, un dass die Leit ihrn Spass habbe. Dodefer habbe mir unser Begabung vom liebe Gott jo krieht. Dofer leide mir aach gern Höllequale. Un wonn dess es Publikum mol begriffe hot, do konn uns gar nix mehr bassiern. Also in diesem Sinne: frohe Stunde mitenonner!

En Butzemann (Butzebeebel)

Also: Es geht hier um ebbes, was uns all peinlich is. Es geht um ebbes, was abber jeder im Laufe seines Lebens mol on de Nos hänge hot, egal ob arm oder reich. Wonn merr es selbst gleich merkt, kann merr die Sach ohne viel Uffhebens entferne. Wonn net, konn merr nur hoffe, dass sich jemand traut, den mit dem Butzemann odder merr säät aach Nasepobel, druff uffmerksam zu mache. Peinlich is es allemol.

Ja, un so ging es aach em Ralf, der en Freund von mir is. Der war uff Besuch bei soiner Tonte. Die Tonte war schun 89 un hatt en Bauernhof. Dort lebt se sefridde vor sich hie, nimmt es Lebe wie es is, hot koo Ohsprich un freid sich ibber jede Abwechslung, un sie freit sich immer, wonn se Besuch krieht. Un diesmol war de Ralf mit soiner Fraa halt uff Besuch un hochwillkumme.

Die Tonte hatt Geburtsdaach un dess wollt se aach

feiern un so hot se sich middaachs hiegestellt un hot ohgefonge Kuche se backe. Die Tonte konn gut backe, ihrn Hefedeich geht so hoch uff, so hoch is de Meenzer Dom net. Dem Ralf hot es in de Kich gefalle. Es war alles noch so wie zu seiner Kinnerzeit un drum fand er es hier so heimelich.

Un so hot er gemietlich in de Kich gehockt, sich mit de Tonte unnerhalle un den Aacheblick genosse. Es Licht in de Kich war dorch die kloone Fenster spärlich. Aber egal – es war gemietlich. Die Tonte hot de Daasch ohgesetzt. Donn hot se gemerkt, dass ihr Brill dreckich war un sie net mehr so gut sehe konnt. Sie hot e alt gebraucht Hondduch fer se saubersemache genumme un de Ralf säät, nochdem se die Brill mit dem Duch gebutzt hätt, wär die Brill noch verschmierter gewese als vorher. Doch de Ralf hot sich do eraus gehalle. Die Tonte hot sich jetzt dem Hefedaasch gewidmet. De Ralf war fasziniert. Er hot erst uff den waasche Hefedaasch geguckt, donn hot er uff die Tonte geguckt un donn, donn wollt er zu de Tonte saache: „Du, du host do was on de Nos hänge." Abber do war es aach schun zu spät. Dess dunkle Popelche is uff de Hefedaasch gefalle un de Ralf hot sich net getraut, die Tonte dodruff uffmerksam se mache. Peinlich, ach Gott, war ihm dess peinlich! Abber was sollt er jetzt mache?

Es war zu spät fer ebbes degeche zu unnernemme. De Butze war im Daasch verschwunde un die Tonte, die gemeent hot, de Butze wär e Mick gewese, die hot nur gesaat: „Die Mick is fort geflooche", un hot de Daasch kräftich hie un her gewalkt.

De Ralf hatt e schlecht Gewisse. Abber er war werklich unschuldich on dere gonz Sach. Wonn er die Tonte uff de Butze uffmerksam gemacht hätt, donn hätt er dess vielleicht dreimol saache misse, bis sie ihn ibberhaupt verstonne hätt. Weil sie war extrem schwerheerich un dreimol die peinlich Sach zu erwähne, se zu erklärn, dess hot de Ralf net gekonnt.

Die Kuche warn gebacke, die Verwondtschaft kam, merr hot geschmaust un die Kuche gelobt. De Ralf hot alle Kuche probiert, nur den Hefekuche net. Den hot er links liche gelosse. Un dess is uffgefalle. Weil de Ralf eichentlich alle Kuche gern un vun alle Kuche viel isst. Noochdem de Kaffeedisch abgedeckt worn is, habbe se ihn gefroht, warum er donn den ohne Kuchen net probiert hätt, der wär doch so locker un so leicht gewese und geschmeckt hätt der erst!

Ja, un do hot er halt erzählt, was war.

Wonn se gekennt hätte, hätte sen gelynscht. Abber dess is jo in de heitisch Zeit koon Usus mehr. Abber gehasst habbe sen. Jedenfalls on dem Daach habbe sen gehasst.

Ja, so en Butzemann, der konn om als emol aus de Fassung bringe. Stelle Sie sich emol vor, die Bundeskanzlerin hält er Redd un was is? Peinlich, werklich peinlich. Weil die kann de Butzemann ja jetzt, während die Kameras laafe, net ofach so wegwische. Un wonn sen wegmacht, verliert se ihr Gesicht. Peinlich.

Frieher hot moin Vadder sich als ibber de Butze lustich gemacht. E Gedicht hatt er sogar dribber verfasst, ibber de Nasenpopel. Gonz krieh ich es net mehr zusomme, abber ich waaß noch die Ibberschrift, die hieß „Der Nasenpopel". Es ging debei um von weche – er gedeiht prächtig auf der Heizung und eignet sich hervorragend als Wurfgeschoss auf die Schwiegermutter. Mir habbem donn im Spass immer uff die Schulter gekloppt, weil mir dess net heern wollte. Abber gelacht habbe mer aach.

Tja, wie soll ich die Geschicht beende? Ach, mir doch egal, soll se ende wie se will, ich lese se jo doch nie vor. Obwohl on der Geschicht nix Geloochenes dro is. Es is alles wohr. Abber es is halt peinlich!

Die Beerdichung

Moin Enkel, de Tim, 6 Johr alt, kam mit soiner Freundin Kathi zu soiner Mudder. Sie warn alle zwaa sehr traurich un dess war sericksefiehrn uff dess, was de Tim in de Hond hatt: e kloo Mäusje. E kloo goldich Mäusje un dess war mausedot. Moi Dochter hot weje dem kloone, goldiche, dote Mäusje fast en Herzschlach krieht un hot gekrische: „Sofort hielehe un sofort Händ wäsche! Bring mir bloß so ebbes nie mehr mit haam!"

Die Kinner habbe net verstonne, warum se sich so uffgereecht hot – weche so en kloone Mäusje. Sie warn voller Mitleid un sie wollte darum dem Mäusje aach die letzt Ehr gebbe. Sie habbe uff e ohgemesse Beerdichung bestonne un die habbe se sich aach net ausredde losse.

Sie habbe en schattische Platz fer e Mausegrab ausgesucht. Habbe sich vun moiner Dochter e Kästche gebbe losse, dess Mäusje enoi geleht un begrabe. Dess Mausegrab habbe se donn mit de Händ zugeschebbt, habbe Blume im Gaade gesucht un dem Mäusje uff soi letzt Ruhestätt geleht.

Zum Abschied habbe se sich on de Händ krieht un dem dote Mäusje als letzter Gruß noch en Lied gesunge. E Lied, bei dem sogar moiner Dochter die Träne kame, abber net vor Trauer, sondern vor Lache: Es war dess berühmte und so bassende „Happy birthday to you".

Das neue Auto

Der Mensch gönnt sich mal hie und da,
etwas zur Freude, was ja klar.
Drum sprach ein Mann aus dem Rheingau,
ein Kiedricher, zur seiner Frau,
dass er nen Opel hat bestellt,
in Rüsselsheim für teuer Geld.

Dann hat die Nachricht man vernommen,
das Auto wäre angekommen
und dass man's liefern könnt vor Ort
und wenn's gewünscht, sogar sofort.

Doch kostet all dies ja Monete,
und um zu sparen sich die Knete,
gab man Bescheid in Rüsselsheim,
dass man das Auto selbst holt heim.

„Zuerst fahr'n wir zum Opel hin,
es käme mir noch in den Sinn,
dass wir im neuen Auto dann,
hin zum Safariland mal fahrn.

Hier leben Tiger, Löwen, Affen,
auch Zebras gibt's und zwei Giraffen,
Ein Mochusochs mit viel' Verwandten,
und mindestens drei Elefanten.

Wir machen uns nen netten Tag,
weil wir uns den Transport gespart."
Gesagt, getan. In Rüsselsheim
Stieg man ins neue Auto ein.
Fuhr zum Safariland voll Eile,
damit man dort konnt lang verweile.

Man zahlte ohne Murren gar,
den Eintritt, der gepfeffert war,
und fuhr gleich voll Erwartung los:
Den Tag, den fand man grandios.

Da alle Tiere im Gehege
sich frei dort konnten ja bewege,

durft man sein Auto nicht verlassen,
doch tat man darum nichts verpassen.

Die Tiere konnte all man sehen,
mal sitzend, liegend, mal im Stehen,
doch plötzlich wurd es interessant:
Es kam herbei ein Elefant.

„Wie goldig, ach wie allerliebst!",
hat da das Eheweib gepiepst.
Es macht, wie lieb, ihr Gatte drauf,
der Guten mal das Fenster auf.

Das fand der Elefant sehr nett,
er streckt den Rüssel ganz adrett,
hinein ins neue Auto dann,
damit man diesen kraulen kann.

Das tat man ausgiebig, und lang,
doch wollt man nach zwei Stunden dann,
mal weiterfahrn, was zu verstehn,
doch wollt der Elefant nicht gehen.

Drum drückt der Ehemann, der Gute,

dreimal ganz heftig auf die Hupe,
und wartete, was jetzt geschieht,
und ob der Jumbo sich verzieht.

Den Jumbo hat dies nicht gejuckt,
er hat weiter herumgeguckt,
im Auto, mit dem langen Rüssel,
ging er gar an den Autoschlüssel.

Der Rheingauer, der wurde blass,
vergangen war ihm aller Spaß,
er wusste nicht mehr aus noch ein,
doch dann fiel ihm die Lösung ein.

Die Fensterscheibe dreht der Mann,
ganz langsam in die Höhe dann,
und klemmt darauf, wie gemein,
des Jumbos Rüssel damit ein.

Der Gattin brach es fast das Herz,
der Jumbo spürte jähen Schmerz,
drum trat das Elefantentier,
gar heftig in die rechte Tür.

Vom neuen Auto, ach du Schreck,
war vorerst mal die Schönheit weg.
Oh weh, oh weh, was da geschehen,
das konnte man voraus nicht sehen.

Die Autotür war nur noch Schrott,
sie hörten schon der Nachbarn Spott:
Von wegen Knicker, wollten sparen,
und selbst das Auto heim dann fahren.

Und als zum Ausgang man hinkam,
da hielt man sie erst einmal an.
Und stellte ihnen hier die Frage,
ob sie dreimal gehupet habe?

Man gab es unumwunden zu:
Der Elefant gab keine Ruh!
Der wollt partu nicht von uns weichen,
trotz lautem Toben und auch Kreischen.

Ob da nicht Schilder wär'n gewesen,
auf denen deutlich war zu lesen,
dass Hupen streng verboten sei?
Mit 100 Mark warn sie dabei.

Als sie verließen das Revier,
da braucht der Mann erstmal ein Bier.
Erst trank er eins, dann trank er zwei,
am Ende trank mehr als drei.
Und als sie das Lokal verlassen,
da schwankten seine Körpermassen.

Man muss in Richtung Heimat dann,
auch über eine Brücke fahrn.
Und plötzlich, war da so ein Rums,
zwei Auto vorne macht es Bumbs.

Zu dicht waren sie aufgefahren,
und demoliert warn nun die Wagen.
Die Polizei eilte herbei,
fragt Zeugen, wer hier schuldig sei.

Beim Rheingauer klopften sie auch,
und fragten ihn, wie es halt Brauch,
ob er, da er der Dritt ja,
am Unfall auch beteiligt war.

Die Autotür wär ja verbeult,
die Gattin sah man, hat geheult.

Das alles war verdähtig ja,
man fragte drum, was hier geschah.
Drauf stotterte der Mann betreten,
„Ein Elefant hat in die Tür getreten.“

Ach was, wirklich, ein Elefant?
Der Polizist fand's interessant,
und fragt, ob er hätte was getrunken,
drauf wurde er heraus gewunken.

Ins Röhrchen musst er blasen dann,
den Führerschein man ab ihm nahm.
Sechs Monat' war er darauf ohne,
und konnt sich auf dem Sofa schone.

Die Autotür wurde erneuert,
dann hat das Auto er verscheuert.
Er fährt seitdem mit Bus und Bahn,
tut sich so manchen Ärger sparn.

DUT DESS ARICH WEH?

Jeder Schmerz is eklich, kooner hot gern Schmerze und am meist gefürchtet sin jo Zohschmerze. Uff die kennt merr gern verzichte.

Moi Dochter Barbara musst sich en Weisheitszoh ziehe losse. Dass dess net lustich werd, war ihr klar, abber sie hot sich druff oigestellt. Die Operation war net schee, abber erträchlich un noochdem die acht Daach mit em dicke Backe erum warn, war die Welt widder in Ordnung.

E paar Daach später hot ihrn Monn, was moin Schwiechersohn is, also de Torsten, der hot Zohweh krieht. Es muss net ohgenehm gewese soi, es muss sogar ziemlich heftich gewese soi, sunst wär der nie freiwillich bei de Zohdokter.

Nochdem er sich en Termin gebbe hot losse, ging es donn los. De Dokter hot die Zäh kontrolliert un ihm klar gemacht, dass soin Weisheitszoh ihm die Probleme macht un der misst eraus, ob er wollt odder net un zwar so schnell wie möchlich.

De Torsten is en richdiche Monn, aber er is koon Held. Er hat den dicke Backe vun soiner Fraa, den hat er noch net verabeit un ihm habbe die Haarn vor Entsetze zu Berch gestonne. Jeden Daach hot er moi Dochter im Halbstundentakt gefroht: „Barbara, dut dess arich weh?"

Die Barbara is jo e verständnisvoll Fraa un hot ihm unermüdlich un immer widder erklärt, es det net weh. De Torsten hot dess zwar geheert, abber ich hatt den Oidruck, er wollt unbedingt, dass es weh dut.

Er hot gelitte wie en Hund. De Barbara is er so gonz longsom uff die Nerve gonge, die wollt endlich ihr Ruhe habbe un net ständich gefroht wern, ob es weh det, wonn merr en Weisheitszoh gezooche krieht un sie wusst jo aach, egal was se gesaat hot, er hot es jo doch net geglaabt.

De Daach kam, an dem de Weisheitszoh gezooche wern musst. Die Nacht vorher war grausam. De Torsten war am Ende. Morjens, als er uffgestiehe is, hot er widder die Barbara genervt und noochdem er se bis zum Middach vielleicht 20 Mol gefroht hot, ob es aach net weh det un wonn doch, wie dess donn weh det, do is die Barbara ausgerastet, hot ihn ohgekrische: „Doch, es dut weh, es dut sogar furchtbar weh, wonn merr de Weisheitszoh gezooche krieht! Du musst zugenäht wern un doin Backe, der werd so dick wie en Fesselballon!"

Da, jetzt hat er's, er hot gespiert wie die Ängst longsom in ihm uffgestiehe is un er hot sich gewinscht, wär er doch nur als klooner Bub gestorbe.

Da en Mensch sich net so gut fiehlt, nochdem er en Weisheitszoh gezooche krieht hot, hot merr beschlosse, dass ich mit moim Schwiechersohn zum Zohdokter fahrn misst, ihm seelich un moralich mit Rat un Tat zur Seite stehe sollt, was ich donn aach gemacht habb. Ich habb ihm Mut zugesproche so gut ich konnt. Als mir middachs um drei Uhr in die Praxis sin, saat ich: „Mach dich net verrickt, in ner Vertelstund is alles erum."

Er is donn äußerlich gefasst, mit hoch erhobenem Haupt in de Behandlungsraum un hot sich soim Schicksal ergebbe. Ich habb drauße im Waatezimmer gesesse un gewaat, ja gewaat un gewaat und donn bin ich e bissje unruhich worn. Dess gibt's doch net! Also so gonz longsom kennt er jo mol raus komme.

Er kam abber net.

Nooch ner halb Stund ging plötzlich die Dier vum Behandlungszimmer uff, de Torsten kam er raus, leicheblass, de Doktor hinnerm mit sorchevollem Gesicht un do war mir klar: Do entwickelt sich ebbes un dass dess nix Positives war, war mir gleich klar.

De Torsten hot mir erzählt, er misst zum Röntge, de Zoh ging net raus un do misst merr mol gucke, was do los wär. Es ging ihm net gut.

Noch em Röntge is er wie e Lamm uff die Schlachtbonk in dess Behandlungszimmer serick, aus dem er dann nooch ner Vertelstund widder raus kam und mir erklärt hot, de Zoh ging net raus, die Wurzel wär net nooch unne gewachse, sondern nooch obbe un der Zoh hät somit wie Widderhake un er misst operativ entfernt wern.

Also, ich will ehrlich soi: Uff de oh Seit hot er mir jo laad gedohe, uff de onner Seit musst ich grinse, abber nur innerlich. Ich wollt ihn tröste, abber mir is koon Trost oigefalle.

Also sin mir in die Stadt zum Kieferchirurg un noochdem mir dort e Ewichkeit gewaad habbe un de Torsten entsetzlich gelitte hot, sin mir donn obends um sibbe endlich widder dehaam gelond – vier Stunne späder!

De Torsten is ohne e Wort zu saache in's Schloofzimmer. Uff die besorchte Fraache vun soiner Fraa hot er net geontwort. Es war abber aach zu schlimm. De Schock vun de Operation, de dicke Backe, die Schmerze, es war bitter.

Om nächste Morje hatt er aach noch en blau, griene, gelbe dicke Backe, es hot ihm gelongt. Er hot sich geschworn, dess war de letzte Weisheitszoh, den er sich hot ziehe losse, un glaabe dut er keinem Mensch mehr: soiner Fraa net, em Zohdokter net und soiner Schwiegermudder schun gar net.

Ich nemm dess net so tragisch, ich habb ihm letzt widder ohgebote, wonn er nochmol en Weisheitszoh gezooche krächt, also: Ich wär widder mit debei.

FASSNACHT FRIEHER

Fassnacht – dess Wort zaubert mir e Lächele ins Ge-
sicht, dess Wort macht mich froh un glicklich.

Un wonn es endlich soweit is un wonn ich es erste
Ritzambo, de erste Narrhallamarsch heer, do lääft es
mir eiskalt de Buckel runner! Do waaß ich, jetzt is moi
Zeit. Jetzt konn ich widder uff die Biehn, dumm Zeich
schwätze un die Leit zum Lache bringe.

Ich war schun immer fassenachtlich ohgehaucht,
schun als Kind. Waaß de Deibel warum.

Moin Vadder, ich glaab, vun dem habb ich dess
geerbt. Dess war aach so en verrickte Kerl. On Fas-
senacht hot er somsdaachs emol die Rekrute verei-
dicht. Dess ging donn folgendermaßen vor sich: Bei
Fischers, vor dene ihrer Wertschaft, do trafe sich um
zwaa Uhr middaachs viele Draaser Leit un die soge-
nannte Rekrute. De Kraft Konrad hatt soi Akkordion
debei un hot Musik gemacht un die Leit habbe gesun-

ge un geschunkelt un warn froh. Es Komitee truuch Bademäntel un wer er Komitteekapp hatt, der hot se uffgesetzt. Moncher besaß koo, weil die sehr deier warn un do hot merr ofach gedauscht. Die junge Kerl stande, teilweise in Leib-un-Seelhose do, in alte löschrische ausgebeulte Hose, völlich verrickte Rekrute. Säbel hatte se umhänge, Ledergerdel, Holzgewehre, Feldflasche, Soldatenkappe vum Erste Weltkriech un onnern soldatische Utensilie. Die habbe ausgesehe, als wärn se irgendwo ausgebroche, abber net wie Rekrute.

Ja un donn kam moin Baba, de Senge-Monn, „De Monn", also uff hochdeitsch „Der Mann". Den Name hot er krieht, als er noch e Kind war un beim Theaterspiele mol den Pilz gemacht hot, bei dem merr gesunge hot: „Ein Männlein steht im Walde, ganz still und stumm". Dess muss der so gut gemacht habbe, die Leit hätte Träne gelacht un so hatt er fer immer den Spitzname „De Monn". Erst war er es Männlein un donn de Monn. Un moin Vadder war aach en Monn. En große Monn. Groß un stark.

Ja, un der hot donn om Fassenachtsomsdaach emol die verrickte Rekrute vereidischt. Ich war gonz stolz uff en. Er hot se stillstehe losse, is donn in soine longe Leib-un-Seelhose, um die er en Kordel geschlunge hatt, in die er en Säbel gehängt hot, vor dene Junge uff un ab marschiert, hot se gefroht, ob se heit schun ihr Zähn geputzt hätte. Ob se bereit wärn die Mädcher heit zu kisse, ob se trinkfest wärn un bereit, im Woi se bade un lauder so en dumm Zeich.

Die Leit habbe gejohlt, die Rekrute habbe stramm-gestonne un „Jawoll!" gerufe un de Vadder hot se donn vereidicht. Ich erinnere mich net mehr dro, was er alles gesaat hot, es muss jedenfalls lustig gewese soi. Die Leit hatte all ihrn Spass. Am allermeiste ab-ber die verrickte Rekrute.

Ja, dess war de Vadder, er hatt de Deibel im Leib, war en, lustiche, gutherziche Kerl. Somsdaachobends war donn die Draaser Fassnachtsitzung. Die Biehn bei Fischers im Saal obbe war fassnachtlich geschmickt. Im Saal selbst hott merr schun beizeite de große Ofe ohgesteckt, damit es wenigstens ibberschlaache war im Saal, wonn die erste Leit kame. Die erste Leit, dess warn immer es Lipkas ihr Oma un ihr Dochter Anne-lies un die Frau Diehm mit ihrer Dochter Lieselotte. Die warn immer als erste do, damit se aach en gute Platz krieht habbe.

Sunndaachobends hot merr sich beim Fischer ge-

troffe un mondaachs sin fast alle Draaser uff de Ro-
semondaachszuuch un obends war donn Lumpeball.
Ach, war dess en Spass!

Un diensdaachs, do war donn unsern Daach, de Kin-
ner ihrn Daach, do sin mir zum Schnorrn. Schnorren
heeßt dess uff Hochdeitsch, merr kennt aach saache
bettele.

Mir habbe uns maskiert un sin vun Hausdier zu
Hausdier. Mir habbe gekloppt un wonn die Dier uff-
gonge is, habbe mir unser Schnorrergedicht uffgesaat
un habbe entweder e Kreppel odder Bonbons krieht
odder, was uns noch lieber war, merr hot uns e bissje
Geld zugesteckt. 10 Penning, do war merr ibberglick-
lich. Abber aach ibber en Penning odder zwaa habbe
mir uns gefreit. Dess Geld wurd später in Fischers
ihrer Wertschaft fer e gelb Limo un Salzstengelcher
ausgebbe. Ach, was war dess so schee!

Ich habb jahrelong ibberleht un noochgeforscht,
was mir immer fer Verse gesaat habbe beim Schnorrn.
Ich habb es net rauskrieht, bis mir vor e paar Monat
moi Freundin Traudel aus Meenz von ihrn verstorbe-
ne Monn en Bindel Zeitschrifte gebbe hot, alte Zeit-
schrift, Fassnachtszeitschrifte. Un in ohner von den
Zeitschrifte finn ich jo die Fassnachtsversjer, die do-

mols in Rhoihesse gesunge worn sin. Un die Zeitung is vun 1928 un träht den Titel „Die alte Heimat". Ob dodebei dess Liedche is, dess ich als Kind gesunge habb, dess waaß ich net. Ich habb's vergesse. Trotzdem tipp ich uff den Vers „Ich bin en kloone Kenich". Is jo gonz egal, wichdich is, dass ich die Liedcher gefunne habb, dess freit mich riesisch un monche von eich sicherlich aach.

Holle, ho, ho, die Fassenacht ist do!
Die Braut hert mei.
Wer merr siwe Gulde gibt,
dem soll se sei!
Soll sei! Soll sei!

Do drowwe in de Fersht
do hänge die lange Wersht.
Die klaane losse mer hange
die große wolle mer fange!
An is mer so klaan,
gebb mer zwaa for an
orer e bissje Mehl
orer e bissje Speck
sunst gehn mer net vor der Hausdeer eweg.

Die Ponn kracht,
die Ponn kracht,
die Kreppele sin geback.
Eraus mit, eraus mit,
mer stecke se in moin Sack.

Wenn's Fassenacht is,
wenn's Fassenacht is,
do schlacht moin Vater e Bock,
do donzt moi Mudder,
do donzt moi Mudder,
do schwenzelt ihrn Rock.
So hunn ich noch koon Rock gesieh,
der so geschwenzelt hot.

Ich bin en armer Kenich,
geb mer net so wenich,
loss mich net so long do steh,
will noch e Heisje weitergeh.
Liedche is gesunge,
de Kreitzer is verdient
und wer merr noch en Kreitzer gibt,
dem sing ich noch e Lied.

ZWAA WINSCH

De Friedrich Schiller steht seit Jahrn in Meenz om
Schillerplatz.
Er stand do immer still un stumm. Doch jetzt macht
er Rabbatz.
In ohner Hond hält er e Buch un do drin konn merr
lese:
Ihr liebe Meenzer, gern bin ich in Meenz jo stets ge-
wese.
Jedoch moin Standplatz is verkehrt, ich guck zum
Münsterplatz,
un hinner mir habb ich geheert, do steht en Meenzer
Schatz.

De Fastnachtsbrunne plätschert do, soin Oblick wär
e Freid.
Dort träfe sich die Meenzer und aach viel fremde
Leit.

Drum hätt, ihr Meenzer, ich e Bitt, dreht mich doch ofach rum,
damit ich aach in den Genuss vom Fastnachtsbrunne kumm.
Un is widder Johannisfest, kennt ich den Rummel seh,
un bräucht net jedesmol, ihr Leit, vor Sehnsucht grad vergehe.

Un zieht on Rosemondaach donn de Zuch bei mir vorbei,
donn wär so gern beim Umzuuch ich nur omol mit debei.
Drum bitt ich eich, nemmt mich mol mit, setzt mich hoch uff en Waache.
Ich wär so stolz, so glicklich dann! Wie, kann ich gar net saache.
Erfüllt ihr mir moi kloone Winsch, du ich eich garandiern,
bleib ich brav uff moim Platz donn steh un du mich nie mehr riehrn!

DIE KAPUTT WÄSCHMASCHIN

Wonn e Wäschmaschin de Dalles krieht, is dess sehr ärjerlich. Abber net so tragisch, merr konn sich jo e nei kaafe. Wonn abber de Besitzer vun de Maschin en Knicker is, do konn dess dramatische Züche ohnemme.

Also, es war uff Mallorca. Dort hatt merr sich vor Jahrn e Wohnung kaaft un aach e nei Wäschmaschin. Die Jahre verginge un wie es so is, die Wäschmaschin ist älter worn, genau so wie ihr Besitzer un pletzlich hot se de Geist uffgebbe, was ihrn Besitzer Gott sei Donk net gemacht hot. Bei em normale, vernünftiche Mensch löst so e Aktion e bissje Stress aus, abber koo Katastrophe. Wonn merr abber en Knicker is, obwohl merr sich ohne weiteres 100 nei Wäschmaschine hätt kaafe kenne, oh weh, do bassiern Sache, die glaabe mir normale Leit jo gar net.

De Besitzer von de Wäschmaschin hot alsemol

Freunde in soiner Wohnung wohne losse. Un wie die Wäschmaschin ihrn Betrieb oigestellt hot, habbe die Freunde de Besitzer weche dere kaputte Wäschmaschin informiert. Sie habbe ihm ohgebote glei e nei se kaafe. Merr det dess Geld vorlehe un er kennt es jo später wieder serick gebbe. De Besitzer hot dem abber Oihalt gebote. Naa, naa, er wollt emol selbst denooch gucke un zwaa Daach später kam er mit em günstiche Fluch vun Deutschland ohgeflohe.

Er konnt se net repariern un so hot er die Wäschmaschin gut oigepackt mit uff de Fluchplatz genomme un is mit dere kaputte Wäschmaschin korzerhond nooch Deutschland geflooche. Da er nie Gepäck mitnimmt, weil er dess jo aach net braucht, weil in soiner Wohnung jo genuch Klamotte fer ihn uffbewahrt warn, hot er die Wäschmaschin als Handgepäck mit ins Fluchzeuch genomme. Die Stuardesse hot er charmant drum gebete, sie sollte ihm doch en Platz on de Dier zuweise, was die dem gut aussehende Knicker net abschlaache konnte. Der hat einen Aacheuffschlaach, do sin se schwach worn.

De Geizhals is also mit soiner Wäschmaschin noch Frankfurt geflooche. In Frankfurt hot er die Wäschmaschin aus dem Fluchzeuch geschafft, hot sich noch emol mit Handkuss bei de Stuardesse bedonkt fer ihr Hilfe, die Wäschmaschin uff de Buckel genomme un aus dem Fluchhafe rausgeschafft.

Drauße hot er gewaat, dass er, wie abgemacht, abgeholt werd. Ja, er hot gewaat un gewaat un irgendwonn musst er begreife, dass merr ihn scheinbar vergesse hot absehole. Was wollt er mache, er hot soi Wäschmaschin widder geschultert un is mim nächste Zuuch nooch Meenz gefahrn, in Meenz musst er umsteihe, hot die Wäschmaschin die Treppe nuff un die Treppe nunner getraache, wie soi Heilichtum un der Gedonke, dass die Reparatur um vieles weniger koste det wie e nei Maschin, der hot ihm die Muskele gestärkt.

Er is vun Meenz noch Binge gefahrn, die Maschin immer on seiner Seite. Die Leit habben als komisch ohgeguckt, abber dodribber hot er gestonne. Dess war ihm doch egal. Hauptsach, die Kohle stimmt später.

In Binge hot er die Wäschmaschin seim Freund gebrocht, der konnt Wäschmaschine repariern un außerdem war der net so deier. Un donn is er haam, war völlich erschöpft vum Schleppe un hot sich erst emol ausgeruht. Tja un wie er so im Diefschloof war, do hot ihn soin Freund ohgerufe un hot ihm mitgeteilt, dass soi Wäschmaschin nicht mehr se repariern wär. Sie hätt de Dalles. Ob er se bei de Sperrmüll stelle sollt?

Was, uff de Sperrmüll, ei wo gibt's donn so was, die konn merr doch noch ausbaue un uffbewahrn, vielleicht konn merr die Innereie vun dere Maschine noch als Ersatzteile gebrauche.

Tja, un donn hot er se widder abgeholt un hot se in soi Garasche gestellt, wo noch onnern Sache gestonne habbe, alles Sache, die de Dalles hatte, abber dene ihr Innelebe vielleicht irgendwonn in hunnert Jahr emol zu gebrauche wär. Er war halt en sparsame Mensch un dass er, ob er wollt odder net, e nei Wäschmaschine kaafe musst, dess hot ihm schlooflose Nächte bescheert. Zumal er net wusst: Hol ich mir in Deutschland e billich un fliech widder mit dere noch Mallorca, odder solle die Freunde in Mallorca oh kaafe un er gibt ihne dess Geld widder? Er hot hie un her ibberleht.

Nachts hot er sich in de Kisse rumgewälzt, die Bettdeck aus dem Bett getrete. Un getraamt hot er, getraamt, von em Fluchzeich, in dem er gonz allons sitzt, mit gonz viele Wäschmaschine, die spreche konnte. Die kaputt Wäschmaschin war de Pilot. Un die Stuardesse warn Schleudern. Un die habbe im-

mer Schraube un Muddern serviert un Wäschma-
schinetrommeln un e Flusesieb un Wasserschläuch.
Un die Maschine habbe gerufe: „Nemm mich mit
nooch Mallorca!", „Nein mich, ich bin doch mit ei-
nem Trockner verheiratet!" „1500 Umdrehunge", hot
die onner gerufe. „Ich bin biologisch wertvoll", „Ich
habb e Sparprogramm."

Es war en Alptraum. Un wie er sich donn endlich
fer e Wäschmaschin mit 1500 Umdrehung un em lei-
se Trockner entschiede hat, do hot die Maschin, die
de Dalles hat un in soim Traum de Pilot war, die hot
gesaat: „Is dess de Dank, dass ich dir ibber 15 Jahr doi
dreckisch Wäsch gewäsche habb, so, jetzt mach ich
nicht mehr mit!"

Un donn is die mit em Fallschirm aus em Fluchzeich
gesprunge un da e Fluchzeuch ohne Pilot schlecht
fliehe konn, konn merr sich denke, was donn bassiert
ist. Im Sturzfluch uff die Erde, alle Wäschmaschin
habbe uff ihm gelehe.

Korz vorm Uffprall is er schweißgebadet widder
uffgewacht. Er hot sich donn em Schicksal gebeucht,
er hot e Trauerkärtche kaaft mit schwarzem Rand un
hot enoi geschribbe: „Kauft eine neue Waschmaschi-
ne" un donn hot er de Brief ohne Briefmarke in de

Briefkaste geworfe, weil wonn die in Mallorca den Brief kriehe, do misse die dess Nachporto bezahle. Un donn hot er sich gefreit, dass er 1,50 Euro gespart hot.

Tja, un nächst Johr, hot er sich schon ibberleht, dass er sich noch e Wohnung in Mallorca kaafe kennt, weil, wonn merr sparsam lebt, do konn merr sich so was aach leiste.

FASSNACHTSVORTRAACH

Ich habb eine Therapie gemacht,
damit ich aach an Fassnacht,
trotz Stress und Hektik an dene Daache,
die Lustichkeit konn besser ertraache.

Weil eins is klar un gonz gewiss:
Kein Redner on Fassnacht lustich is!
Un dieses Jahr habb ich beschlosse,
ich mach nicht mehr die Fassnachtsposse.

Weil kimmt die fünfte Jahreszeit,
denkst du: Erbarme, es is soweit!
Du musst en Vortraach widder schreibe,
dass konn dich in de Wahnsinn treibe.

Du haderst mit dem Schicksal dann,
warum tu ich mir dess nur an,

ich will jo gar nicht lustich soi,
un mir fällt sowieso nix oi.

Doch lehst du dich des Nachts zur Ruh,
dann denkst du trotzdem immer zu,
vielleicht sollt ich's noch mol probiere,
ein letztes Mal es doch riskiere.

Un wonn du das donn hast beschlosse,
dann treibt die Psyche ihre Posse.
Die Nerve flattern, der Maache streikt,
ich schlaf nicht mehr, mir schmerzt der Leib.

Un auch mein Darm ist nicht entzückt,
und spielt ab jetzt völlich verrückt.
Ab jetzt kann ich auch nichts mehr esse,
mein' Appetit kannst du vergesse.

Un ich, die ich so gerne schlemme,
fang selbst beim Schnitzel oh se flenne!
Weil: Noch steht nichts uff meinem Blatt,
drum bin ich jo aach ganz schnell satt.

Dess Morgens schon in aller Frühe,

schmeckt selbst mir nicht des Kaffees Brühe,
in meinem Hirn, geht's rauf und runter,
der Kaffee macht mich gar nicht munter.

Ich kau moi Nägel voller Wonne,
und det ich on moi Fieß noch komme,
dann kaut ich auch die Nägel da,
doch kann ich mich nicht bücken ja,
weil ich beleibt, fällt dess mir schwer,
drum greif ich hier dann doch zur Scher.

Ich will mich morgens auch nicht dusche,
sieht mich mein Hund so, dut der kusche.
Weil sieht der mich dann ungekämmt,
dann denkt der, dass er mich nicht kennt.

Er bellt und beißt mich dann ins Bein,
ich tret ihm in den Hintern rein,
setzt mich genervt an den Computer
und hoffe, dass dieses fiese Luder,
mich heut nicht fertich mache dut,
un bringt zum Kochen mir das Blut.

Denn letztes Jahr is es bassiert:

Mein Vortraach lief nicht wie geschmiert.
Ach Gott, was habb ich mich geschunde,
und plötzlich war der jo verschwunde.
Ich habb dess niemals nicht vergesse:
Der Computer hatt ihn aufgefresse.

Dann sitz un sitz ich Stund um Stund,
mir meinen dicken Bobbes wund,
un dicker Qualm kommt ungeloge,
mir aus beide Ohrn gefloge.

Meine Gedanken, die sind wirr,
das Denke macht mich erst mal irr,
doch plötzlich, ach wie wunderbar,
da ist das Thema für mich klar.

Doch leider is dess heute alles.
Mein Kleingehirn, es hot de Dalles.
Drum gebb fer heit ich erst mal Ruh,
habb noch was onnerster se du.

Ich bin gereizt, ich will net butze,
will jede Sekunde doch ausnutze,
zum Vortraachschreibe, is jo klar.

Die Muse doch, die säät glatt: „Naa."

Die Oma kimmt, un sieht genau,
heit is es nix mit der Helau.
Drum geht sie schnell, stellt keine Fraache,
sie kennt sich aus in dieser Laache.

Ich nemm den Hund, geh uff die Gass,
frisch Luft und Wind, dass macht doch Spass.
De Nochbeer fräht sofort wie's geht
un ob mein Vortraach donn schon steht.

No, der hot mir grad noch gefehlt,
un dem habb ich donn was erzählt.
Ach, Gott, ach Gott, was habb ich gedo,
der guckt seitdem mich net mehr oh.

Un auch mein Karl, ich muss gestehe,
dut nicht an erster Stelle stehe,
un will der zärtlich zu mir soi,
lass ich mich dodruff gar net oi.
Liebe machen kann ich mir schenke,
ich muss dabei nur an mein Vortraach denke.

Geh in die Stadt ich, jeder lacht:
Merr denkt bei mir on Fassenacht.
Un jeder fräht mich, ob alles klar:
„Un: Steht Ihrn Vortraach fer dis Jahr?"

So geht dess Daach fer Daach, ihr Leit,
es Lebe is fer mich koo Freid.
Ich schwör mir dann, wie jedes Jahr:
Nie wieder Fassnacht! Dess is jo klar.

Dann kimmt die schöne Weihnachtszeit,
koo Zeit is fer Gemütlichkeit,
mein Vortraach wächst, oh welche Wunner,
die Kerze brenne langsam runner.

Die Weihnachte, sie is vorbei,
Jetzt wird es ernst, seis wie es sei.
De letzte Satz steht uff em Blatt,
Gott naa, was habb ich dess so satt.

Silvester feier ich noch froh,
doch leider bleibt das ja nicht so.
Punkt 12 plaache mich Zweifel dann,
ob ich den Vortraach halte kann.

Un find ihn gut der MCC?
Kann ich dann in die Bütt aach geh?
Un ob die lache dort im Saal?
Was fer e Qual, was fer e Qual!

Doch dann denk ich, mir doch egal,
wer halt nicht lacht, der kann mich mal.
Der soll selbst mol so en Vortraach mache,
ja dann vergeht dem aach es Lache.

En Narr, der is nämlich nicht blöd,
der muss sich verstellen so gut es geht,
egal wie intelligent der is,
er derf´s nicht zeiche, dess is gewiss.
Nur selten det bei mir merr lache,
det ich en gescheite Vortraach mache.

Dann ist es soweit, ich muss gleich naus,
mein Blutdruck steicht, mein Puls fällt aus,
mein Körper, der den Stress dut wittern,
fängt sofort oh, heftich zu zittern.

Ich atme dorch, e kurz Gebet,
bevor der Zirkus los dann geht.

Die schnapp ich mir, die muss ich packe,
die misse was zum Lache habbe.
Fassnachtsengel, steh mir bei,
mach mich von allen Ängsten frei!

Un Gott sei Dank, sie sin mir gnädig,
werr fer die Quale jetzt entschädigt,
die ich gehabbt acht Woche lang,
jetzt is mir net mehr Angst un Bang.

Jetzt leh ich los, bin nicht zu halte.
Es lache heut Junge un Alte,
es tobt der Saal, die Narredei,
un dann is alles schon vorbei.

Un war der Vortraach gut un schee,
dann freut sich aach der MCC.
Is er mol net so, was bassiert,
ziehn die e Schnut – garandiert.

Dess habb ich meinem Therapeut erzählt,
dass mich die Narredei so quält.
Do hot der Kerl lauthals gelacht,
un donn hot der zu mir gesaacht:

„Frau Bachmann, es werd alles gut,
nur weiter so, nur bissje Mut!
Als Therapie du ich verschreibe:
Weiter mache, lustich bleibe.

Un ziehn die Schnute beim MCC,
dann dun Sie ofach hie doch gehe,
und trete feste der Baggasch,
nach jeder Sitzung in den A …!“

Gerichtsverhondlung

De Dietze Werner, was moin Nochbeer is, der hot mer widder was erzählt, dess musst ich uffschreibe. Dess is so unglaublich – ei, ich konnt es jo net fasse!

Also: Em Dietze Werner soi Mudder, schon weit ibber achtzich, wurd als Zeugin vor Gericht gelade. Sie hätte dort e Aussache mache solle. Un dess war e Problem, weil die Mudder schon e bissje nebber de Kapp war, net mehr alles so zusommekrieht hot, außerdem bettläscherich war un gepflescht wern musst. On Uffsteihe war gar net se denke. Es war also völlich unmöchlich, die Oma ibberhaupt ins Gericht zu bringe, dess hätt die Oma gar net ibberlebt.

Die gonze Sachlache hot de Werner aach em Gericht mitgeteilt, abber, jetzt kimmt's: Dem Gericht war dess egal. Sie wollte e Gerichtsverhondlung un wonn die Oma halt net uff's Gericht kumme konnt, donn käm ebe dess Gericht zu de Oma.

De Dietze Werner wollt's net glaabe.

Ich aach net.

En Termin wurd festgeleht un die Gerichtsverhondlung, so wurd beschlosse, sollt im Wohnzimmer vun de Oma stattfinne. Merr konnt sich sträube wie merr wollt, es war e vun höchster Ebene beschlosse Sach. Was wollt merr mache? Merr musst sich de Obrichkeit beuche un dess hot merr aach zähneknirschend gemacht. Die Edith, was em Werner soi Fraa is, die hot ihrer Schwächerin geholfe, es Haus grindlich se butze, so dass jo koo Stäubche sichtbar war, dass alles picobello war, merr wollt sich jo net austraache losse.

De Gerichtsdaach kam. Die Oma, die im Wohnzimmer in ihrem Kronkebett gelehe hot, war frisch gewäsche, gekämmt, hatt e nei Nachthemd oh un hot in aller Ruhe der Dinge geharrt, die do komme sollte.

Es Wohnzimmer wurd ausgerahmt, merr hot alle Stiehl, die merr gefunne hot, in's Wohnzimmer gestellt un um es Kronkebett vun de Oma drapiert.

Donn kam die Obrichkeit. Es Haus vun de Oma wurd hermetisch vun de Polizei abgeschirmt, konner durft, nochdem die Gerichtsbarkeit im Haus war, rin

93

odder raus. Die Familie war fassungslos. De Ossi, was de Bruder vom Werner war, der kam e bissje später, der wurd net merr roigelosse, dem hot merr de Zugang verweichert. Es war wie im James Bond Film.

Donn hot die Gerichtsverhondlung begonne. Ohwesend ware: en Richter, die Staatsohwältin, zwaa Beisitzer, jed Partei hat zwaa Ohwält debei un en Gerichtschreiber hat merr aach mitgebrocht. De Dietze Werner un die restlich Familie von de Oma musst in die Kich un donn sollt es losgehe.

Die Oma fand dess Gonze interessont. Soviel Leit habbe schon long net mehr in ihrm Wohnzimmer gesesse, sie hot sich gefreit und gelacht un vielleicht hot se on längst vergangene Zeite gedenkt, wo die Kinner noch dehaam warn un immer Lebe um se erum. Un wie die Richter un die Rechtsohwält ihr Robe ohgezohe habbe, do hot se vielleicht gedenkt, es wär Fassnacht und war sehr vergnücht. Die Stühl wurde richtich gerückt. Merr hot nochmols um Ruhe un keinerlei Störung aus de Kich gebete un donn wollt merr die Verhondlung eröffne.

Ja, un do hat merr allerdings die Rechnung ohne die Oma gemacht. Weil in dem Moment, wo de Richter de erste Satz saache wollt, hot die Oma sich uffgericht un hot gesaat: „Ihr Bube un Mädcher, es dut merr leid, abber jetzt misst ihr emol enausgehe, ich muss mol uff's Dibbche."

Mit dem Satz hat die Oma die Würde des Gerichtsunnergrabe. Beleidicht, unwillich, ungläubich un grinsend hot merr es Wohnzimmer verlosse un gewaat, bis die Oma die Sach mit dem Dibbche erledicht hat.

Die Oma, die in em Alter war, wo se sich vor nix mehr fersche musst un wo se uff niemond mehr Ricksicht nemme musst, die hot sich gelosse ihrem Geschäft gewidmet. Un wie se fertich war, kam die Pflecherin, hot die Oma versorcht, es Fenster uffgemacht, es Dibbche mitgenomme un wie es im Lebe so is, es Wohnzimmer hot donn net mehr nooch Maiglöckcher geroche.

Ja, un dess musste dess hohe Gericht aach bemerke.

Ohschließend habbe se die Oma befraacht, musste abber feststelle, dass mit der Aussache vun de Oma nix ohsefonge war. Inzwische hatt sich nämlich die Staatsohwältin oigemischt un zu de Oma gesaat: „Frau Dietz, das haben Sie mir doch vor drei Wochen noch ganz anders erzählt!"

Do hätt die Oma gesaat: „Naa, naa, Mädche, dess konn net soi."

Un do hätt de Richter gesaat: „Frau Dietz, was soll ich denn von der ganzen Sache halten! Die Frau Staatsanwältin sagt so und Sie sagen so!"

Tja, do hot die Oma steckesteif behaupt, dass die Staatsohwältin lüche det. Dodruffhie hot sich de Richter entschlosse, schleunischst die Verhondlung zu beende un es Urteil zu verschiebe. Die Gerichtsbarkeit hätt fluchtartich des Wohnzimmer vun de Oma geräumt un sich verabschied.

De Dietze Werner konn es bis heit net glaabe, was er do erlebt hot.

Un wonn jetzt ohner meent, dess wär schun 100 Johr her, dem muss ich saache: Naa, dess is erst 15 Johr her. Un ich bin mir sicher, jeder, der die Geschicht liest, der werd sich, so wie ich, erst mol ungläubich on de Kopp greife. Sache gibt's – merr soll es net fer meeglich halle.